发现

诗人 II

Find the poet

陈国湧 · 主编

中国国际广播出版社

图书在版编目（ＣＩＰ）数据

发现诗人 . Ⅱ / 陈国涌主编 . -- 北京 : 中国国际
广播出版社 , 2018.4
ISBN 978-7-5078-4285-2

Ⅰ . ①发… Ⅱ . ①陈… Ⅲ . ①诗词—作品集—中国—
当代 Ⅳ . ① I227

中国版本图书馆 CIP 数据核字 (2018) 第 076242 号

发现诗人 . Ⅱ

编　　　者	陈国涌	
责任编辑	张娟平　郑凤杰	
装帧设计	董满强	
责任校对	有　森	

出版发行　中国国际广播出版社 ［010-83139469 010-83139489（传真）］
社　　址　北京市西城区天宁寺前街 2 号北院 A 座一层
　　　　　　邮编：100055
网　　址　www.chirp.com.cn
经　　销　新华书店
印　　刷　北京市金星印务有限公司

开　　本	880×1230　1/32	
字　　数	96 千字	
印　　张	6.5	
版　　次	2018 年 4 月北京第一版	
印　　次	2018 年 4 月 第一次印刷	
定　　价	39.00 元	

序

我不是一个自闭者，我的心比路更远

所有的灵感喷发出来，全是独傲孤芳的你

所有低下的头颅，我们都致以敬意

这不安静的美，很小的美，到处都是

总想让自己爬上一个高度，最终还是在地平面
上行走

等一只蝴蝶邮寄他乡，和邮差一起出发，心像
晨鸟振翅

于是我把这疼痛当作岁月的纪念，用我的血肉
包裹收藏

一个又一个梦醒来时，发现自己依然趴在影子
的肩头

撞入比肩的盛宴，仿佛有熟悉的陌生等在那里

可知道，倒下的筑路工人留下的脚印也没融化

发现诗人 II

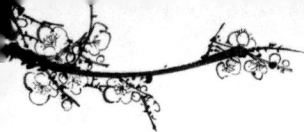

　　发现诗人行动进入第二个年头，在近 400 位诗人的交流作品中，我们挑选了 1459 首诗歌作品，在网络平台推送。根据作品在网络平台的受欢迎程度，选出得分前 10 位的作品，作为"发现诗人 2017 行动"年度大奖作品。得分排名第一位的作品是诗人李香茗的《宅男日记》，获奖 5000 元人民币的奖金；得分排名第二至第十位的作品各获得 500 元人民币的奖金。《宅男日记》在某热门手机 App 上的阅读量高达 9 万多，创"发现诗人行动"单篇阅读量新高。

　　我们把这 10 首大奖作品按第一到第十位的顺序各抽出精彩一句排列于上，这不就是一首诗吗？发现诗人行动本身就是一首诗。

　　人们说诗人敏感，易被感动，"发现诗人行动"以此向坚持写诗的人们致敬！

目 录
CONTENTS

发现诗人 II

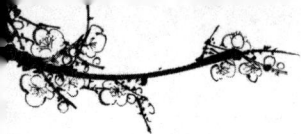

●仰望那场雪

搬运工王建文

经历了深秋的肃杀

初冬的冷酷

正需要一场雪 掩盖

这满目疮痍

就在枯枝上粘满玉兰花

用纯洁装饰猥琐的田野

高大的建筑 在雪花飘舞中

会有几分温柔

肮脏的死水凝结成明镜

多情的梅花适时开放

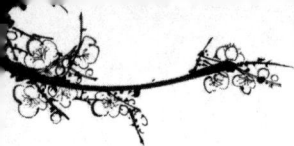

和那些堆雪人的孩子

一起点缀单调的世界

越冬的麻雀更难觅食

它们如何撑过这个季节

硕鼠躺在温暖的洞穴里

安享着偷来的成果

很多人都在仰望天空

期盼着那场雪

尽管依旧寒冷 却能

给眼里增添一点和谐

2017 年 1 月 25 日

●白露

勃崛

（一）

穿过那春天难戒的色

和夏日红尘

踩过蜂蝶遗骸，落翅

和所有丛林

来到问斩的八月

功过难分

光阴采用炼银术

炼是非，炼雾云

货色于秋后

主题越来越响亮鲜明

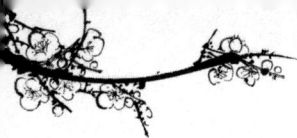

（二）

八月札，讲纪律

三四月不以色相蹿红

六七月，讲规矩

不以十八变的身段招风

到了名正言顺的八月

旗袍紫红

那开怀一露

写尽春风

白，非银两夺目

露，非陷阱藏凶

这一露，与天地同气

如果叵测，有悬疑萦空

就没有后来一色崇拜

和统领江山的阵容

●远方，孤独

陈华美

群山堆积的石头

没有一颗能焐热我的心事

浩瀚的海洋

没有一滴水能融化我的爱

秋天的蒲公英仍然依次开放

哪朵芬芳能解惑我梦中的绝望？

那片云好高

一只鸽子啄住

坦然自若

我羡慕

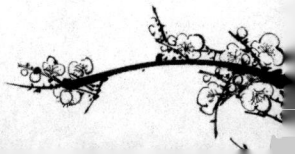

发现诗人Ⅱ

彼岸花的叶子也会枯瘦吗?

远方一次次铺满

孤独

远方比天堂还远

孤独,在一扇窗沉默

2017 年 9 月 13 日于新加坡

● 踵痛

陈野风

阿喀琉斯被射中了脚后跟

便轰然倒下

历史就此改变进程

站在坚硬的地面上

我的脚后跟疼痛入骨

几乎无法支撑虚胖的生活

医生说

年纪大了，大多会痛

另一位医生说

你走路太多，路太崎岖

或者你长期负重前行

又或者你的鞋总不合脚

第三个医生说

所以，你的跟骨长了骨刺

我说，医生，开刀，割了吧

医生说，不必，吃药，慢慢会缓解的

于是我把这疼痛当作岁月的纪念

用我的血肉包裹收藏

既然无法选择

那就穿着旧鞋继续跛行

走过这条路，决不倒下！

●一路向东

陈野风

向东！向东！

我要去下沙

一路狂奔

穿越半个杭州

穿越整条德胜高架

一路向东

大路的尽头是大江

钱塘江岸有我的新家

桃花、梨花、杏花……

余香犹在

香樟树

又开满了花

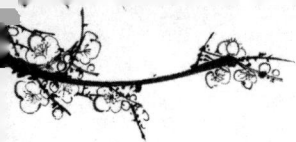

这是个四季芬芳的花园

这是个四季常青的花园

坐在窗前

俯瞰钱江潮水

我期待

它如奔雷滚滚而来

向东！向东！

一路向东

钱塘江尽头是浩瀚的大海

向东！向东！

跨越太平洋

去追逐西边的太阳

一

路

向东

是自由的天空

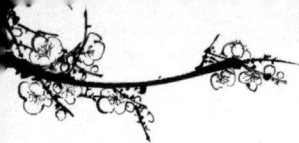

●青春不毕业

陈野风

兄弟

干了这杯酒

一定要大声歌唱

否则

淤积已久的情感

必会痛哭流涕

兄弟

舞台早已搭好

聚光灯已经亮起

一如从前

唱吧，唱起我们吻过的脸颊

和错过的年华

那时，我们有青春和热血

那时，我们有自由和爱情

那时，我们说我们想说的

那时，我们做我们想做的

那时，我们对未来充满幻想

那时，我们对一切美好抱着处男处女般的忠贞

如今舞台华丽

我们执著唱着同样的歌

唱给我们自己听

也唱给世人听

所有演算过的等式依然成立

所有爱过的人们我依然爱着你们

不同的日子，一样的旋律

发现诗人 Ⅱ

与你一起唱歌的师妹已成为你的妻子

唱歌给我听的师妹却杳无音信

那个跟着师姐背影去图书馆的师弟

有没有看见师姐的样子

青春不毕业

●秋雾

陈野风

夜，淤结不去
清晨，隐身在厚重的大幕后面
已看不见对面的钱江
越高，世界越不分明

时令不好
江水尽情蒸腾
一晚上便把秋天染成铅色
注定会是个阴天
注定将有个冬天

地面上已有行人

如蝼蚁一般依然忙碌

我相信他们依然会记得要去的方向

我相信他们依然会找到每天要走的路

哪怕会再多一次摸索

雾大，难致远，好吧

我就把这现实，当作一场海市蜃楼

●今天是我的节日，
也是我英语老师的生日

陈野风

今天是我的节日

食堂门口一溜长桌

一人一块小蛋糕

过时不候

嗯，吃完我会记得把嘴紧紧闭上

今天也是我第一位英语老师的生日

我要为她大声赞美

我知道我有赞美的资格

我知道我必须赞美

因为我是她的学生

当年她正值青春年华

走进教室的一刹那

仿佛是一阵风款款地拂面，有嫩绿的颜色

仿佛是一线阳光划过整个画面，带着清晨的气息

于是，一个世界活泼起来

于是，一群懵懂少年都灵动起来

有情窦早开的把她作为暗恋的对象

从此，我也形成了人生第一个标准

和我英语老师一样漂亮的

才算美女

老师带给我们的不仅是一门语言

她掀开一道缝

让我们窥探外面的世界

她交给我们一把钥匙

借此，我们能慢慢打开通向世界的大门

因为如此

一切关于美丽、富足、自由、浪漫

种种启蒙、种种美好

成为我们追求的目标

我们一直为之奋斗

因为如此

我们现在才有一种自信

打开历史沉重的大门

通行世界

为我第一位英语老师大声赞美吧

对于我们有资格赞美的我一定大声赞美

对于我们没资格赞美的我也一定闭嘴

前两年，我又见到了年届花甲的老师

她依然貌美如花，像个女生，像个女神

2017 年 11 月 08 日

● 那年的上海

陈野风

那年的上海

是不宽不窄的马路

斑驳的弄堂

泛黄的阁楼

躺在床上望的见星星的天窗

那年的上海

是生煎上的葱花芝麻

大饼伴油条

自来水的漂白粉

遮住了黄浦江腥腥的味道

那年的上海

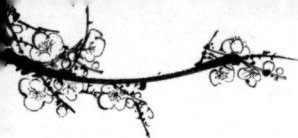

隔壁的小妖精不再每天来陪我

我趴在窗口

感受楼下汽车的震动

想着不知道的远方

那年的上海

是笨头笨脑的出租车

遥远的火车北站

再过去是东宝兴路

那里住着外婆

那年的上海

晒台上成群的鸽子还没有飞走吧

家里的卷尾猫还盯着他们吗

还是在鱼缸里抓鱼

楼梯转角的亭子间是否还空着

那年的上海

到处是苍白的记忆

我开始流浪

宿命

● 初恋之前遇见你

陈野风

映山红开满山坡的季节

你从大山里来

单调划一的城市

便盛放一处乡野

花开得浓烈

你却简单到纯洁

我贪看风景

一直忘了说：我爱你

你静静地坐在我身边

直到岁月将我们分开

未曾告别

迎春的花又开了

开得热烈

开得简洁

●无座列车

大漠孤鹰

一辆无座列车

从晨曦驶向黄昏

停顿，缓行或呼啸奔驰

不要问经过了多少

泥泞，江河湖海，沟壑险峰

终在落日时

驶进了

铺着红地毯的路

● 河边

二胡

水花跳跃的时候，青头蚂蚱也不够安分

总是从这一片草叶跃到另一片草叶

让人担心的是有时会跌落水中

这不安静的美，很小的美

到处都是。我的母亲不识字，好像一生不懂得

欣赏这小小的美

此刻只有她坟头的草是安静的

她一生安静，而此刻她想说点什么

她想叮嘱我的女儿不要在河边捉蚂蚱

她坟头的草就急促地摇了摇

2017 年 10 月 26 日　08:15

发现诗人 Ⅱ

● 放养蜜蜂的山谷

二胡

整个花季，无论红花紫花黄花还是白花

气血两旺，芳香四溢

而山谷里的战争一直在持续，掠夺正在进行

惊悸与心跳，敲打着花朵

整个花季，山谷在战栗

养蜂人和他的女人，说话间唇齿含香，仿佛一切从未发生

整个花季，我不敢走进山谷

我要提防蜜蜂闪亮的尾刺

同时要防着吐信的青蛇

那条进山的路，全是用口蜜腹剑铺成的

2017 年 1 月 22 日　1:53

● 霜 降

风清扬

该落的叶子都落了

有一些还留在枝头

像村庄的旗帜，在秋风里守望

所有低下的头颅

我们都致以敬意

稻田起伏，有云朵踏浪而来

夕阳坠于树桠之间

几只留给鸟儿过冬的柿子

在炊烟里时隐时现

光秃秃的枝条

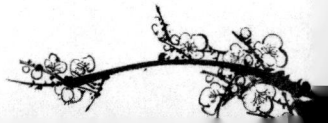

发现诗人 II

已露出黑色的骨骼

突然，蝉们像在同一时刻停止了鸣叫

渐行渐远的秋意里

严冬步步紧逼

●老石匠的墓志铭

风清扬

墓志铭

无非就是凿去多余的部分

刻下光鲜的生平

供后人敬仰

老石匠一生打碑无数

却没有留下属于自己的墓志铭

临死之前

他叮嘱已经改行不做石匠的儿子

只把锤子凿子立于坟头

发现诗人 Ⅱ

● 蝴 蝶

风言风语

等一只蝴蝶邮寄他乡

和邮差一起出发

心，像晨鸟振翅

睁开眼等花瓣

落入目光

哪怕风失去轨迹

随时间追寻

驿路中只关心

你是否穿越田野

偷听蟋蟀低语

其实是自己莫名心慌

那只失忆的

蝶翅

盖上的邮戳是蓝色

你不会再停留

任何花蕊

● 江 城

风言风语

1. 最后一班轮渡

江鸥喜欢追逐尾浪

目光随双翅起伏

对岸就是家

船身横靠过来，像一座山

缓缓占据了整个黄昏

我被一种暖意覆盖

落日碎成闪烁的嘱托

离岸瞬间

汽笛惊落江畔梅花

对岸亦闻到馨香

2. 夏日码头

不想再蹦跳那童年的甲板

仿佛怕汗水凝结成盐

会染痛双眼

看见你一次又一次用扁担

把江北挑到江南

甚至把晨曦也挑进江水

那个夏日就在浑浊里

翻滚，挣扎，喘息

直到人潮渐渐散去

3. 黄鹤楼下

抄一首背得很熟的诗送给你

故人西辞黄鹤楼吧

发现诗人 Ⅱ

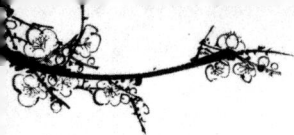

就要走了，酒还没有喝完

故事在你的背影里拉长

从暮秋直到来年开春

手里樱花枯萎

自己知道花期该有多久

那棵树还在

而心中的鹤早已启程

●虚掩的光阴

风言风语

其实并没有风景

这沉默的外面

是想象穿越的时间和空间

像线装书被翻开了一半

一朵雏菊压住秋意

泛黄的不仅仅是字迹

更有一些温暖

被兑换成落日余晖

久久不愿封存

暮钟如风，会逗留耳际

心就会漏出罅隙

倾听童谣、酒歌、赞美诗

还有马蹄声从更深远的山路

启程，却带不走挂在峰顶

唯一的月牙儿

●雨夜花

风言风语

听自己的心

不必把细雨织成

厚厚的秋夜

灯，似乎没有记忆

总是包容一切

遁入暗黑的弱者

花瓣就在此刻逃离

像逃离宿命

纷纷躲进诗人的诉说

如果有人把其中一瓣接住

最好是少女的手

最好她没有失恋

最好这一夜慢慢流逝

发现诗人 II

●枫叶情

风言风语

熏红了眼睛

就不要再任性去

焚山后的枫林

奔跑，不顾一切地随风溯江

叶落水面上，叠彩倒影

如千帆过尽

哪怕东风不再与我方便

也要谋取一叶文书

写满中秋私信

半夜起来听

窗外飒飒作响

● 海 拔

凤凰

总想让自己爬上一个高度

最终还是在地平面上行走

这样也好

不用担心风雨飘摇

雪崩，流岚

注意突然的泥石流

准备一条船

就可以像落叶一样安睡

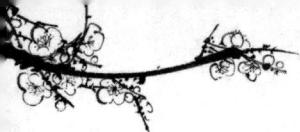

●一片落叶

凤凰

从春的摇篮里

诞生

经过夏的鼎盛

秋的衰落

不要问我

枝上树下的荣辱

重飞枝头

一直是我不死的梦

●八月路过爱

凤凰涅槃水玲珑

枫叶红的时候

适合相思

牵挂，谱成一串串音符

风铃叮当

亦如你为我而唱的歌

掬一缕月光

铺满通往你的城堡路

怦然心动的情愫 蔓延

繁星点点

那是我为你点亮的心灯

你的窗外 我 永远守候

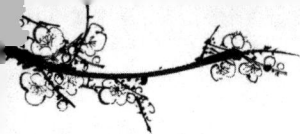

●今夜有风

高解新

不知哪一年的风

不断地往上延伸

在这个夏天

红尘依然滚滚

当光荣依次沉没

用什么来向你告别

路过你居住的城

让我再骄傲一次

哼一首老歌

今夜有风

●心底的签名

高解新

赐我岁月

如歌在生命的四序里

瞻仰天空

聆听花开的声音

允许我的眼睛

在你的区域低空飞行

时间的荒野

遥远而寥廓从未苏醒

在夕阳下坠的一霎

让我吻上你的唇

然后庄严地告之万物

这是我烙于心底的签名

发现诗人 Ⅱ

无法热泪盈眶

尽管我还年轻

●你的世界

古渡驿

闭上眼睛，就是黑夜

我听到了血脉流动的呼啸

黑色，主宰了一切

一些思绪倒在血泊中

一些文字在挣扎与抗争

牢笼里，满是落寞与悲伤

震撼、愤怒与同情

燃烧成熊熊烈火

誓要拯救这片凄惨的荒芜

从远方走来

你是响彻千年的惊雷

震颤了麻木的身躯

你是天地初开的闪电

穿透了腐朽的思索

牵着远古的风雅而来

你在人世的沧桑中凝练

你用如炬的目光

安抚着灼伤的创面

修复着满目的疮痍

从一滴水到整片海洋

一粒尘埃到宇宙苍穹

从每一个忧伤的故事

到每一种不羁的情怀

你从我的心中而来

携众生的情思而去

我看到了一条路

一个执着的身影

一群执着的身影

一个诗意盎然的世界

一个灵魂栖息的天堂

●红河影像（组诗）

皓月素心

一、火塘

我想那不是简单的三条腿支起一个圆

在它的下面

梦想从来没有熄灭过

哪怕只剩一点火星

哈尼人围坐在火塘边焖砂锅饭

炒烟熏的腊肉

烤糯米粑粑

和寒冷的冬季默默相持

柴噼里啪啦提醒着水涨了

阿妈在旁边打盹

二、秋千

寨口的秋千

有些衰老

阿爹在上面荡过

贫血的童年

我的妻子曾穿着姨妈的旧衣衫

荡起一串银铃撒向远山

现在

我们再次回到寨口

秋千孤独的耷拉着脑袋

不与人说话

一群孩子握着玩具枪

打打闹闹模仿奥特曼

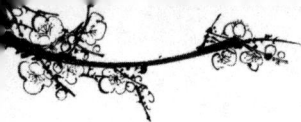

三、长街宴

金秋十月

稻谷已经找到了归宿

第一个龙日在殷殷期盼中

姗姗而来

十月年

长街宴

美酒佳肴桌椅板凳翻山越岭

只为添加盛宴的柴薪

精美的碗碟迫不及待地跳出背篓

从街头蜿蜒到街尾

叫得出名或叫不出名的百家菜

在木桌上与蓝天遥遥相望

祝酒歌顿挫抑扬

比高粱酒更加香甜醉人

男女老少盛装起立

酒杯高举

赛一赛

赛一赛

那一饮而尽的不是酒啊

是过去的艰辛和未来的憧憬

四、哈尼舞

浓浓的夜色

封锁不住操场的灯光

三弦牵引着哈尼盛装

姗姗登场

包头缀着金线

映衬着美丽的脸庞

围裙上的银边与灯光辉映

堪比霓裳

调子转换着节奏

夜宴刚刚开场

插秧舞轻柔似柳

演绎春天的希望

割稻舞急促有力

好一派繁忙

捉泥鳅的阿婶不小心

把稀泥拭在脸上

…………

快板啪啪响

手镯叮叮当

扮男装，俏佳人

饰长者，忍笑场

阿爷忘记了吸烟

那神情回到年轻时模样

阿爹一改往日沉默不住鼓掌

谁家的黄狗也来凑热闹

站在舞场里四处张望

快门不停地闪烁

旁边飘来烧烤的肉香

醉人的除夕夜啊

就在欢歌笑语中进入梦乡

五、过桥米线

晶莹雪白的身躯在青花瓷里

含羞地躲着

一双筷子的牵引

尽管有些忸怩

终抵不过香汤的含情脉脉

薄如蝉翼的里脊携手鸡脯肉

在生菜芫荽……的簇拥下

把洞房闹得风生水起

倦了的行者

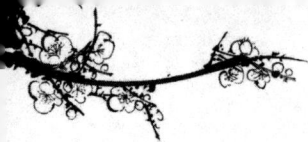

靠着古朴的椅背

轻嚼慢品山寨的黄昏

遥想自己就是那寒亭苦读的官人

只等云鬟轻挽的娘子挎一青丝小篮

在小桥上碎步娉婷

●夜钓

皓月素心

八月的黄昏

鸟鸣梳洗着山峦

炊烟从林间升起

接引四合夜色

盛满余晖的山谷刚好适合一条河安睡

墨色慢慢倾泻下来

淹没了陆地，也淹没了水

弯月和星子浮出河面，寻找泅渡的出口

山野，静得只剩下螽斯的吟唱

几根渔竿贴着水草，半钓星月

半洗凡尘

发现诗人 II

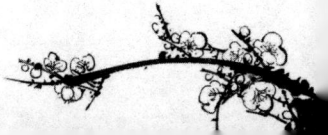

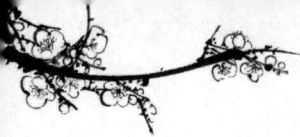

● 荒

皓月素心

蜀山一隅，白云跌落野水

昏鸦，噙几缕炊烟

枯守落日，衰草

废弃的住宅

灰鼠自由出入

草蒿漫过台阶

爬进年轮的梦魇

一个村子就这么病入膏肓

又到谷雨

布谷鸟不合时宜地催促着

布谷！布谷！

马儿杆满山遍野

抬脚，无路可寻

● 稻香

皓月素心

扯一片蛙声入梦

思乡的病，需要萤火虫为引

锄头和扁担，磨砺着青春的老茧

一撒手

三十载的漂泊

记忆中的稻香，闻不出雾霾的味道

每一粒谷，都洋溢着健康的成色

好想重拾镰刀，割一筐流火

一半给羊咩，一半分鸭鸣

●影子

皓月素心

那是个风铃样的女孩子

赤着脚，在沙滩上一边把夕阳打碎

一边夸张地追逐她的男朋友

他们越跑越远

就像我当年

没心没肺地收割青春

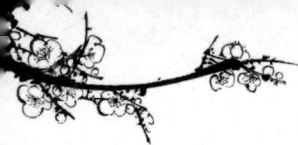

●诗人的诗

洪义

我在诗人的文字间

听到脉搏和生动的呼吸

在每一个梦被搁浅的夜里

读着诗人的灵魂

在烟火的红尘中啃食

精神食粮的骨头

诗人写诗

似一个文字囚徒

一次次将自己的躯体和灵魂撕裂

又一次次将思想的裂痕缝合

就像一株沾满阳光露水的草

潜伏在物质丛林的精神之贼

他们怕被这个世界遗弃

更怕远离诗歌弄丢自己

诗人的诗

有时是为自己熬制的汤药

医治灵魂的创伤

在日月与黑昼之间

用文字码出精神庙宇

试图活出自己的宇宙

像虔诚的苦行僧

不断地在梵文里修炼凡心

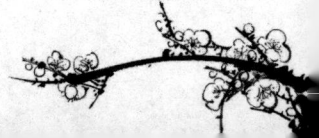

●时光醉

洪义

抚平好

时光伤悲

日头落

东西南北

光阴长似流水

月亮圆在等谁

风吹起

白发缕成堆

红尘醉

前世梦回

叹今生

何事难为

云在飞雁南归

秋风起花憔悴

空留一人独自流泪

人生百味

酒会醉，心无悔

谁说不累

这一路有谁陪你到尾

细雨落满心扉

浪沙淘过几回

听风吹，云翻飞

星光出，夕阳坠

谁在烟火处独自醉

● 摆 渡

洪义

从日出到日暮

每日里总是忙碌

撑起生命的弧

在红尘的渡口摆渡

时光是无法折回的路

有些记忆已留在当初

把痛苦和孤独

丢入一间当铺

然后换出

那所谓的幸福和成熟

日子过得清苦

但是决不庸俗

人生短促

笑笑哭哭

谁的脚步

停留在烟火深处

光阴积满岁月尘土

一颗心在尘世背负

我在红尘中摆渡

所有的过往脱落成凡俗

●秋·酒

洪义

今朝立秋

明日饮酒

一杯润喉

二杯泪流

三杯喝到五更休

天地悠悠

何以解愁

望断秋水

酒更稠

不醉不留

一睡方休

●老院

芥雲

这个冬天来得太早，百木已凋零

厚厚的思念堆满院子

扫干净，也回不到当初的样子

那时，天空泛着红光

没有星星，也没有雨

明天就是初一，也该念叨念叨

过去的人和事

门开着，看不清上面的二位神仙

外婆拄着拐棍说

明天晴的好，明天晴的好……

●沱江夜色

金玉

见你在画里

思你在画里

写你还是在画里

与夜的距离

朦胧着清晰

与你，隔着夜

厚厚的黑

无从计量日期

无法跳跃冬季

储量是否是原来的江水

还是越来越多

元素，注入各种过程

沸腾一江水和灯

木桩匀出一江两岸的风物

随灯亮将一夜一夜的故事开启

情愫倾注许愿灯

浪漫摇船成鱼

穿过吊脚楼的水

爬上吊脚楼的山

2017 年 12 月 14 日

●风

金玉

行走。轻柔的梦从柳枝开始

轻点一湖涟漪

催生许多故事，从古至今

抽一篇传奇，且听风吟

意志力。会行走的沙漠草

长出蒲公英的翅膀

没有一成不变的道路

方式

进入诗意的世界

不同的杰作

一挥笔

向同一个方向用力的精妙

举世无双

总是刮一阵旋风

成气候

可以与神相提并论

2017 年 10 月 20 日

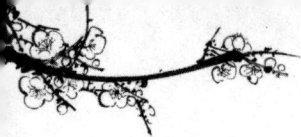

● 双桅船

金玉

我把骨头高高举起

它们代表航行平安和顺利

这是神的旨意

让我信仰和敬畏

无数次暴风雨中见证奇迹

与大海来往生死相依相偎

搏击

牵扯岸的目光，灯火不息

漂洋过海

包容大海的心

一年四季，不停掏空骨头的钙质

伤痕累累

那是船客们的笑脸

刻在心底的回忆

绽放成脸上光辉

2017 年 10 月 27 日

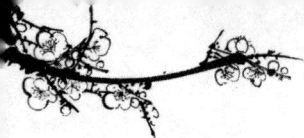

● 霜降之美

冷生花

这一天你姗姗而来

带着细小如羊脂玉般的美

与洁白一起来到人间

你小小的红唇

呼出的热气带着香甜

山川醉得五颜六色

这小小的精灵

你的足迹

泄露了人间绚烂的秘密

你着红肚兜的样子

如此俏皮可爱

似一团燃烧的火焰

浅浅的笑，浅浅的韵

无骨的小蛮腰

●宅男日记

李香茗

我不是一个自闭者，

我的心比路更远。

我有一栋很大的房子，

宽敞得没有四壁，

灵魂自由得无处安放。

我也有一处狭小的小房间，

被子盖过头顶，

春暖花开 浑噩自知。

我想带你去看最遥远的风景，

想看看了无人烟的地方是不是真的寂寞！

心中纷飞的大雪到底是白色的还是黑色的，

人生总得干几件看似愚蠢的事。

我对这个世界有很多话要说，

如果真要我大声地说出来！

那我只想与你静静地拥抱着，

因为那样真实得令我无比安定和快乐！

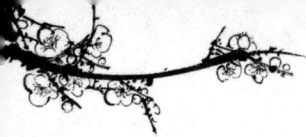

● 花瓣雨

李香茗

秋，凉了！

堆积一层一层的碎叶伴随着晚风的轻抚一动不动，
孤独的人要懂得添衣。

望着缤纷漂浮的叶，
像是回到细雨绵绵的春芬！

清风徐来，
朵朵沾染着你炙热的体温 恍若经年。

我捧起那散落一地的碎叶，

仿佛托起了你温柔的脸庞！

秋 注定是荒凉的，
而你是精致的。

忘不了你花瓣雨中那轻轻的一瞥！
后来 与我无关。

● 旗 袍

木雨潇潇

一直心仪那件旗袍

三点一线，丰满妖娆

从高山流水的琴韵直抵江南烟雨的足印

留住岁月，玲珑着容颜的娇美

一直想穿那件旗袍

风情万种，温婉轻摇

每丝润滑的经纬里都散发着清秀典雅

芙蓉百合郁金香悄悄关闭了花蕾

在夏日大街的柳荫下

如飘然的飞燕轻盈着女人的媚俏

在如织的超市车站里

邂逅到醉人的莞尔一笑

然而，所有的商厦服装店

溢满眼眶里的琳琅装束

始终寻觅不到你的足迹

穿在身上的只有变了样的裙子

日夜为你画出千百种样式

却描不出高跟鞋里的闲情雅致

风风火火细细碎碎的柴米油盐里

爱你，唯有藏进梦里

●父亲的春联

木雨潇潇

狼毫喝饱了腊月里贮存的雪水

在墨的黑夜里浸满期盼

款款走向，走向凌霄融化的黎明

于大红纸的枝头绽放

那是父亲，父亲手中挥洒的迎春花

在我的眼前闪烁

闪烁的光穿透岁月穿透沧桑穿透新盖的楼房

照亮了老屋榆木梁檩下简陋的堂舍

年幼的我舔舔嘴角灶糖的余沫兴奋地为父亲举
起了煤油灯

好奇的眼光随着父亲的一笔一画上下眨巴思量

好动的小手要抢父亲的笔管涂一片稚鸦

却不知道那是困难年代

父亲用微薄的薪水贴纸贴墨贴工夫贴出庄户人
家老少爷们心底的企盼

我不知道每一道竖横都渗透了父亲对街坊邻居
大娘大婶的热心和善良

年轻的我放寒假

研磨割纸选对联成了父亲的左臂右膀

佩服的眼光在父亲的一撇一捺里欢欢流淌

歇不了的脚一趟又一趟晾满案头床板和地上

我已知道，改革的春风刮进门楣藏满姑娘媳妇
对美好生活的渴望

现在的我回娘家

未进门又闻到墨香

那一卷卷红纸一双颤巍巍的手分明告诉我一个

发现诗人 II

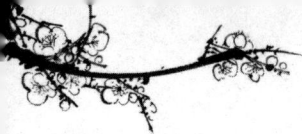

耄耋老人正巴巴地等着我

欣赏的目光含着心疼在老父收集的楹联中寻找，
寻找他终生积攒的热爱

用平仄的韵味和骨折后拐杖傍身的老父一起一
点一钩探进词语积淀的妙趣里

把浓烈的喜庆引出来和大红灯笼相媲美

把裂变的色彩挂出来和灰雾霾去争雄

此时我更知道

那是父亲一辈子心中升腾的绿色云朵

那是代代相传不息的精灵在啾啾歌唱

●路过

木子

路过生命

一场偶然

撞入比肩的盛宴，仿佛

有熟悉的陌生

等在那里

找寻似曾相识。转身

在花开花落间

墙上的时钟，似笑非笑

赶路的车票，开始移动

我路过。揣着五百年的约定

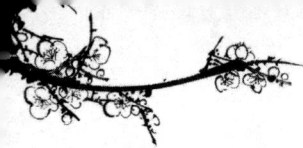

匆匆地，追着时间，追着自己的轮回

蜉蝣，也路过。在夏日
上演生与死的历程。细小的脚步
跨不过昼夜的交替

就像，清晨降落草尖上的那滴露珠
瞬间，魂飞魄散

天色垂暮。我虚构了一场邂逅
月色下，看见自己
凝成了一朵霜花。在你的手心

我路过了你。你的眼睛，眨了一下
或许，我只是转世的一粒沙尘

●陪你老去

木子

两只茶杯

只说阳光不说风雨

整个下午

守着炉火，煮沸那壶光阴

冲泡卷曲的茶叶

犹如，把卷曲的心绪慢慢展开

两把躺椅

斜靠半世辛劳

用柔情，抚平你掌心里的沟壑

皱褶人生，在彼此眼里含蓄

屋后的一坡山色

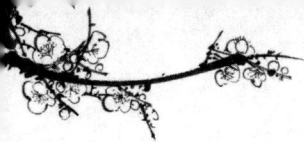

绕过指尖，柔软岁月

夕阳里

手牵着手，陪你踱碎时光

任人声鼎沸人声

落日沉寂落日

抬手

为你轻掸。暮色里的清寂

● 骗 子

木子

夜带来了灵魂，安静又兴奋的伏下身段

一遍又一遍消除阳光走过的路径，将黯黑

抚过草丛树梢屋顶山峦，还有那弯溪水

包括那些无家可归、蜷缩某个角落的流浪汉和

流浪狗

所有植物安睡了，气孔不再书写光合方程式

所有梦境都关门闭户，呓语在被衾里涎出

看见夜行动物闪现幽绿的魂魄与黑夜共舞

揣着预设的诡计在夜色掩护下一次一次地偷袭

猎物

或者，一条黑影快速奔向地沟对着贼亮的油奋

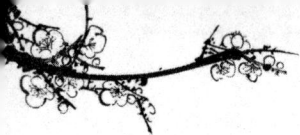

力地舀

内心预演明日餐馆的火爆而溢出一个沾满油污
的笑容

偶尔，有一两颗星星眨一眨眼睛

表示值守的更夫没有偷懒

当黎明就要冲破暗夜在天边没有缝合好的缝
隙时

传来几只野猫对着利爪下挣扎耗子的哭声，凄
凄的

谁说夜色里只有宁静？

● 想你的时候

木子

用夜的梦，筑一座桥
来往穿梭的，只有我和你

梦没有标尺。丈量天涯的长度
交给白昼，交给风和云

梦里，你手上的炊烟有温度
追逐着我在他乡的脚步
一抬头，就能触碰到你的温暖

白天，我写给你的每一封信
都没有地址。只能将滚烫的文字

发现诗人 II

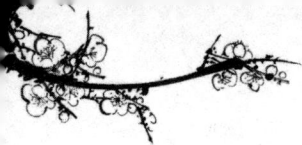

捂在胸膛，到了梦里
一封一封地拆开，念给你听

你有飞翔的翅膀，总会
来我窗前驻足。我有梦的羽翅
总会找到，你起飞的地方

梦乡，寄存了太多的思念
成为我们第二故乡

●在乎

木子

月亮船，渡过天河

泊在水岸。等千年一遇的同船人

夜先于我抵达。你给我看的那颗心

隐在黑夜之外

一夜又一夜，用落在掌心的星星

擦亮我们的约定。挂上船头，为你引路

路，伸向更远的黑

我反复描摹你的模样。拿给船家看

你说过的话，也在心中翻滚

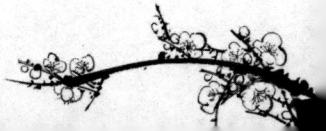

我的翘首发出声音。悬在崖边

只想与你同渡。渡一条河的路程

●当我老了

木子

当我老了，握笔的手在微微颤抖

呆坐窗前让思绪留在空白

只是，偶尔会想起走过的岁月

那些来来往往的心跳

已不能渲染我那衰老的激情

手中的笔，再也写不出生动的句子

点亮渐渐枯萎的时光

那时的你，会不会有些许牵挂

我的忧郁我的诗歌

哪怕是在黄叶满地的时候

不自觉地，将想你的话

酿成美酒举樽邀月⋯⋯

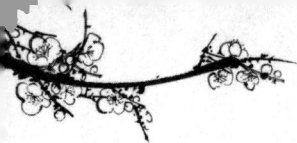

窗前的打盹声

时不时地，惊起一行行雀鸟

时间缓缓地踱步，静静的

像是在倾听我的声音

●擦肩而过

木子

孟婆汤，把前尘泅在一小碗汤里
千年厚重，从此不着一丝痕迹

今生，迈着懵懂的脚步
无意间，上演前世的某段时光

一直，在时间的缝隙里
翻找前尘的蛛丝马迹
不惜拆借一段历史背影
找一个探寻前世的缺口
或等待苍穹上的电闪雷鸣后
掰开一道窥视前尘的裂纹

发现诗人 II

冥冥中，有声音穿越而来

在山巅和峡谷跌宕

想抓，只有苍茫的时间留在掌心

那株曼珠沙华，把彼岸点燃

用一世的花瓣再用另一世的叶子

轮回在前尘与后世的擦肩

捻一颗菩提，回望一次来路

积攒五百次深情回眸

站在那里，换与你擦肩

那片风那声啼鸣或是那匆匆的身影

●不说再见

木子

就此作别。饮了上马酒

我是你的驿站，你是我的日记

天空如此辽阔。东西南北风归于麾下

还有平行的宇宙。我们却要出走

风一直在翻看我们写过的诗句

一些字符，失去重量飘远了

就像落叶不与飞雪挥手

那一声道别，撞在转身后的虚无里

经年之后，当手指叩响记忆的墙体

深陷体内的殇，会不会卷土重来

●尘缘

南窗飘雨

一、相识

此生，我有两次机会靠近轮回的边缘

只有一颗心，与某朵莲花互生情愫

独步天涯的人遭逢暗香如剑

劈开醉眼。勾一勾手指。此后的流落

称为浪漫

二、相守

石。玉。冷涩的塞外或温润的江南

材质并不重要。爱的姿势很软，哪怕是茅檐

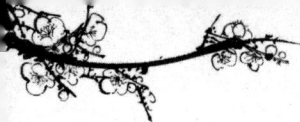

也可安卧。聆听恋曲无弦

彼此即是烛光。夜窗不染，不眠

不必吟诗，窗外便是田园

三、相期

岁月的影子一闪。最后一杯浊酒最知冷暖

风轻的指尖触觉憔悴。霜天。芳魂将散

这不是结局，为赴三生之约，忘了一世尘缘

记住，我们的眼角

长着两滴泪。留到下一场梦里，彼此擦干

● 秋风吹过

难忘春晓

一枚树叶是幸运的

它悄无声息落下

向春天吐露真情

向夏天展示风采

秋风起。这个世界它来过

没有什么可遗憾

来和去自在坦然

烈日下，一树叶子

鸟栖息，蝉鸣唱

人乘凉

雷雨中，一身倔强

风声急，雨滴紧

任疯狂

秋风吹过。土地召唤

飘飘洒洒

诗意满满

● 葛藤

曲鸣

远山的葛藤

垂入山谷

叶子茂密浓稠

黄雀们站在灌木丛中

一展歌喉

长长的藤蔓收割来

滚水煮后

纤细的丝

粗韧的线

都织成了我的衣物

穿起来惬意舒服

你呀，帮帮我的忙

快整理下我的衣裳

有的洗洗有的带上

告诉家里人一声吧

我要去看望我的爹娘

2017 年 11 月 2 日　尝试转译诗经《葛覃》

●枫叶红了

深沉

看不见燃烧的火焰

是那一树树枫的十月

每一张叶子的脸

都红得像洞房花烛夜

掀起盖头的腼腆

拈一枚枫叶做岁月书笺

将绚烂铭记于此刻

如火燃烧，如水婉约

月光漫过一地霜白

那一抹红依然在心间

至于那个诗里的远方

一定会，有一条石头小径

于白云深处，眺望

枫叶染红的秋，在傍晚

小溪潺潺，炊烟袅袅

不知远方的你，可曾着墨

万山红遍的绚丽秋色

以一滴清泪，祭青葱岁月

如我，将青春一纸折叠

理想与现实，两不相欠

●山路

深沉

多年以后。许多细节

都已经遗失在遥远的山里

像一本被水浸泡的旧书

翻开其中任何一页

模糊的字迹已难究根本

唯有牵着牛走过的早晨

暮归的黄昏，还有一副耳坠

晃动出你银铃一样的笑声

像岁月之手设计的封面

在一条山路上，凝为永恒

发现诗人Ⅱ

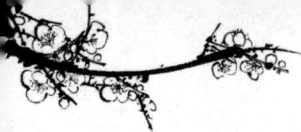

甚至，已经记不起

曾与你共有过什么风景

油菜花，只黄了一季

那条山路已在视线里走远

一个转身，就成了永别

可时至今日，这个词

总会让我想到一个小山村

一段荒山上放牛的日子

还有一个吊耳坠的你

笑着，像一朵野花摇曳

●爱情

深沉

你用一个目光

就停下了我的脚步

如一朵花蕾

停下了一只蜻蜓

我空旷的心有如白纸

瞬间被你落了一笔

很久以后，你说

那一刻的我

犹如那一刻的你

不须山盟海誓

也不需要甜言蜜语

如一条河流

汇集了两条小溪

当两只手不经意间相握

两颗心已共一个频率

那一刻，琴瑟无声

你没说你爱我

我也没说我爱你

●雨敲窗外

深沉

窗外迷蒙。仿佛听见
雪花盛开后青涩的原野
轻敲着细密的鼓点

想象中，封闭的沉思
如蝴蝶的梦已抽丝剥茧
潜伏，正奋力突围

春寒料峭的日子
守住窗内灯火的温暖
思绪，如雨丝绵绵

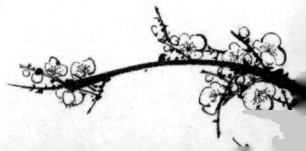

发现诗人 II

时光的脚步不曾停歇

远方，依然很远

冬雨如刀，春雨如剪

我不知道，夜静时

那个梦中的远方

你窗外的雨，是否依然

而我，聆听雨声滴答

仿佛老僧轻敲木鱼

将没有你的雨夜，敲疼

●火车

深沉

跑到黑，也只认一条道

骨子里的那份执着

与生俱来，从不偏移

童年的目光里

你就是一条长虫

从我的田野呼啸而过

将我许多猜想

藏在你的肚子里

直到所有秘密不是秘密

想起你就会想起外婆

想起外婆那双眼睛

只装着庄稼，装着儿孙

在土里刨食，在土里安息

没转遍方圆二十里地

终其一生，也没见过你

一条道跑到黑的人

骨子里的那份执着，或许

一半缘于天性，一半缘于命运

●春节

深沉

春节是一首歌

每一个音节都是快乐

一个个喜庆的音符

都是春风中盛开的花朵

小溪一样潺潺的旋律

流淌着幸福安宁祥和

春节是一幅画

每一根线条都围绕家

爆竹声中红梅绽放

遍地都是盛开的花

欢声笑语中新桃换了旧符

发现诗人 II

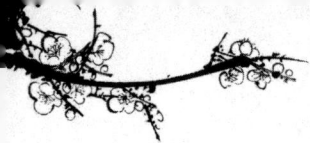

浓墨重彩美丽中华

春节是一杯酒

香醇的滋味已窖了很久

一年三百六十五日

除夕夜是心醉的时候

细细品味日子的酸甜苦乐

暖暖的春意涌上心头

不论行在何方身在何处

不论贵贱也不论贫富

这一天心里装着的

是为一个新岁的守候

当子夜的钟声敲响

新的一年已在门外招手

●女人花

深沉

春风里一件旗袍

摇曳出兰一样的风韵

冬日里一条围巾

映衬出红梅的俏丽

如三月的桃红

荷塘的嫩绿

杏花轻描的粉彩

浓墨淡写的青花风韵

醉人的江南烟雨中

一朵淡雅的茉莉

春风里暖暖地笑

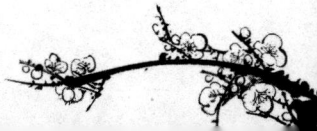

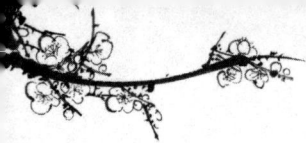

秋雨中独自凋零

用似水的柔情

坦然岁月的风风雨雨

一颗充满了爱的心

包容酸甜苦辣的悲喜

纵然苏轼的豪放

马良的神笔

李清照的婉约

陆游的细腻

也写不尽千姿百态

姹紫嫣红的女人

若要知道女人有多美

请问春夏秋冬四季

那古往今来的风

每一缕都有花的记忆

● 对视

深沉

乘一缕春风

直抵潭水的幽深

我渴望看见

冰雪覆盖的草叶

滚落一滴阳光

一个瞬间很短

足以改变命运的轨迹

当目光与目光相拥

就像一条河架起桥梁

两岸已浑然一体

溪水清了

发现诗人 II

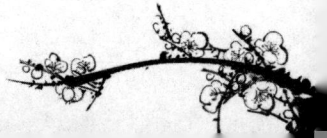

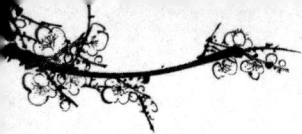

阳光追逐着小鱼

草原绿了

暖风荡漾着羊群

眼睛里跳出一粒火星

点燃了春风十里

●背 影

深沉

被水洗过的那些日子

又被太阳晒干了

泪水落在雨里，流进土里

风里没有一丝痕迹

蓦然回首，唯有一个背影

我知道一场远行

必定会有风，也会有雨

不曾握手的一场别离

在无人守候的站台

不知谁会是谁的背影

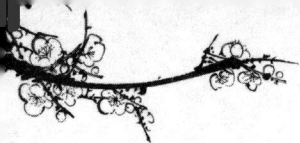

将所有的细节忽略

我不知还能记住什么

爱情，亲情，友情

当目光里只有暮色下的轮廓

一天时光便已远去

生离死别的爱与恨

或许就是刹那间一个转身

当所有悲欢被泪水模糊

在岁月中阴干的往事

一个充满想象的背影

●此生若与你未相见

沈慧琳（若雪如风）

美包裹了夜色。一声细微的叹息

青瓷

碎在你的墨水泅渡我的

纸砚里

这样的结局真令人痛心——

你不再用墨水垂钓我的前半生

不再

用弯月收割我未写完的情诗

见。是秋风与雪的短兵相接

不见。是流水与落花的彼此辜负

·127·

发现诗人 II

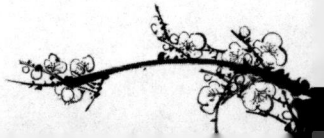

我宁可要辜负。宁可你借十里春风负我

一亩桑田

也不要你用一滴墨水逼出

我毕生的山水

如若我们从未相见

如若我们只是用秋风预约一场雪

梅花不会比一个美丽的误会更呕心沥血

若能回到与你在纸上的时光

情愿你是春风赶不上的青草

帆船追不上的河流。情愿——

我是你漏掉的一粒尘沙

●无言

沈慧琳（若雪如风）

我在。你不言语

只是在酒杯里打捞人生。为何今夜

酒水愈饮愈烈，有利剑封喉的索命感

你自顾把玩窗前的明月，如何

瘦成一柄弯刀，在异乡的屋顶

替你收割故乡的麦粒

我走。你亦无言

你用秋风相送。用白桦树闪亮的银子相送

你怕语言是无声的河流

让夜决堤。让我

捞不起自己湿漉漉的名字

什么都不必说。该说的不该说的
秋风已替你谱成琴音
按在梧桐和秋雨无言的韵脚里
什么都不必说——
大雁飞过天空，影子投放在
山水无痕处

●水韵莲乡

——致我的家乡，大美湘潭

沈慧琳（若雪如风）

（一）

湖。冠以雨水之名

充沛。柔顺。以涟漪之姿托起一座不朽的城市

这镜湖里的微澜，如一尾鱼的自白

来自感恩，馈赠，隐忍的说辞

来自上帝的另一只眼睛

天空布施的一滴泪——

城市因你有朦胧之美

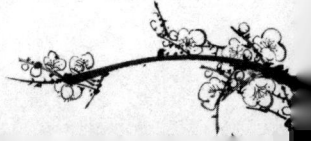

（二）

莲。雨湖之中轻移碎步

从千年前的古都，移到今日崛起的城市

翅含露水，目藏星光，口吐珠玉

以一脐水腰，秀出莲城之风韵

每拆卸一次骨头，夕阳跟着倾斜一次

湖水上涨一寸——

城市因你有娉婷之美

（三）

朝阳先于草木醒来

早起的城市。街道比天空敞亮

树叶比经书洁净

鸟儿于早读的书声里清洗歌喉

向着太阳奔走的人，脱下黑夜的袈裟

一滴晨辉，把城市的台阶镀上遍地黄金——

城市因你有宁静之美

（四）

经济。以一溜黑马的神速穿行于市井之中

厂矿如鳞片，在水深的海洋交换白银

商铺如春笋，撑破毫无节制的春天

被写进历史的，不只是一蓑烟雨

黄金白银打造的帝国

太阳和草木一起燃烧——

城市因你有图腾之美

（五）

文化。城市的另一把利剑

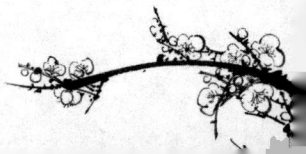

从齐白石的水墨画中脱颖而出

越过曾国藩的家训，在红太阳升起的地方

以雄鹰之姿盘桓于湘水之上

有人在水上写诗，有人在风中作画

有人把湖湘文化当树叶诵读——

城市因你有拓展之美

（六）

不足以用一篇文，一幅画，一首歌

歌颂你。诗歌

比语言更优美的说辞

适合在唇齿间让你活色生香——

你的湖水激滟生波

你的莲香芳醇四溢

你的经济腾飞猛进

你的文化传承千年

我立于湖心，化身烟雨中千年莲花

拈一首诗，轻轻抵达你

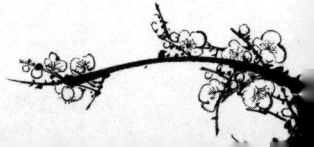

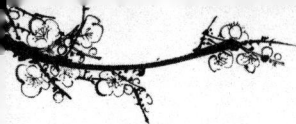

●西风约

沈慧琳

远山摆在斜阳里

枫叶给它黄袍加身

枯柳垂于湖边

手指给湖水松动容颜

寒鸦托于枝上

西风给翎羽解绑

有霜的晨间，它吹醒我的骨头

无月的夜晚，它叩响我的门环

携一壶老酒，明月为剑，松枝引路
菊花黄里与西风坐饮南山
且将往事当歌吟。且将来路当坦途

等夜将我买醉，等西风将我淘得空空
我再约你。亲爱的

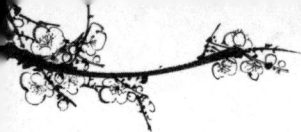

●天欲雪

沈慧琳

天，黑下来

一只乌鸦从枝丫上驮走笨重的黄昏

北风呼啸着从窗外穿过

仿佛正带走一个人的遗愿

四十年前在她的发辫上扎过菊花的男人

下午，咳完了最后一朵梅花

她和往常一样从容地整理房间

从墙上小心取下挂钟。照片擦了一遍又一遍

书橱里，《魂断蓝桥》赫然在目

年少时他写给她的情书从无数个黄昏飘下来

她知道，今夜有什么一定会落下来

大地，就要穿上白色的缟衣

●听雨

沈慧琳（若雪如风）

雨。作为一种倾诉，绵软而悠长
高空到深渊，大提琴的节奏
反复诉说一个故事
有声，即是无声

天空就此禅定。雨的蒲团
掉入凡间，托起草叶上最小的汪洋
万物经雨反复搓洗，脱掉
枷锁和尘埃。脱掉一身雪

马在梧桐叶上飞奔，留下一行墨蹄
供远山入画，供琴音入禅

雨声是一条曼妙的河流，洗劫双耳

有人在佳境中慢慢失聪

听一场雨类似于听一个人在纸上挥墨

世界是一张湿漉漉的宣纸

发现诗人 II

●爱你，在那块深夜里的荒地

石玉芝

爱你在心灵深处，那块深夜里的荒地

它们可以无光，闭着眼睛取暖

它们可以无声，在触摸的轮廓里闻到花香

它们躲过岁月的刀锋

在时光的脊梁游走

任气息生出春秋

读破风韵万卷，翻过麦浪千重

爱你在轻风扑棂的瞬间

萤火悄然，栖落心房的莺帘

曲调破茧蝶舞指尖

它们曼舞于眉睫轻灵眸光含笑中

忘了月落乌啼，霜叶满天

随波荡漾的小船

不停将微波一阵阵泛向彼岸

爱你，我丢翎弃羽，为那一缕烟火

背起所有的风尘

你踏沙追赶，超越夕阳

我摘下落日，燃起你身后的炊烟

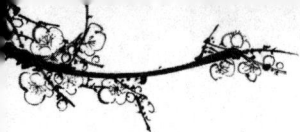

●茶青色的池塘

皖中月亮

水草茂盛。青蛙与昆虫的游戏

藏匿其中

在这方小世界里

秩序

似乎从不曾被

打扰

柳条拂荡闲散的时光

林梢。房舍。田畴

被一条经过的

小路

连接到尽头的

青石板上

棒槌横在一旁。浣衣的女子

并未走远

身影随山歌一起

荡漾在茶青色的池塘上

让傻气的后生

痴痴地张望

远处。是隐约的楼群

是月亮容易被忽略掉的都市

很快

隆隆的机器声

将打破

这方茶水般的宁静

2017 年 11 月 03 日   21:44

●荒园

皖中月亮

阳光慈悲。照向荒园

也照向我

一株卑微到草丛里的鸡冠花

浑身，落满蛛网

前年植下的几株看果

活下来两棵，且孕育出顽强的果实

美人蕉火光暗淡。明显地

被一只无形的大手操控

它们挤挨在一起

缺水少肥，营养不良

它们共享一片天空

倾听风歌虫吟，多么奢侈

2017 年 11 月 20 日　03:28

●立冬

我的青春我的诗

乘秋风去

驾鹤云高天渐远

踏寒露来

泛舟湖堤家门近

门前瘦菊芊芊

卿倚栏杆媛怀暖

庭内肥竹盈盈

君策高台释冷眉

一叶吻秋后

黄金没落枝头

百烟腻屋前

银装满上河塘

镂空素白影相近

裕满流金彩自同

丝丝寒风起落

缕缕温情去来

2017 年 11 月 7 日于深圳

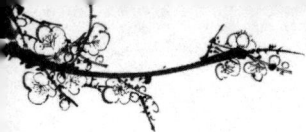

● 在那雪不融化的地方

西南虎

唐古拉山垭 5072 米

千百年来

人罕至 鸟无踪

没有美丽的格桑花

天路从这里 通往拉萨

每天 来来往往的旅客

手指山上 说：

看 那里的雪 不融化

可知道 倒下的筑路工人

留下的脚印

也没融化

● 想你 就是花开的情感

西南虎

那天 你要离开

屋檐下 一对燕子在呢喃

我攥着行李不舍

你指着共同种下的玫瑰

说 花开 我就回来

于是 浇水 施肥 除草

成了我日日最爱

只是 花在我梦里

夜夜盛开

屋檐下的燕巢 却空了几载

●写给母亲

西南虎

小时候春节会有一双新鞋

那是妈妈在煤油灯下

一针一线纳的

住校后书包里的蒸馍

那是我临走之前

妈妈急急忙忙做好的

长大后 每次去看她老人家

都会忙天慌地地做一桌菜

还无不歉意地说：

你们在外面嘴吃油啦

我做的不一定合胃口啊

看我狼吞虎咽

脸上乐开了花

我只想说 妈妈啊

您老人家在

我的心才有家

●来生·今生

西南虎

来生 我想是一泓泉

当你 长途跋涉

口渴时

我刚好在你面前出现

来生 我想是条船

当你 面对滔滔江水

手足无措时

我恰好渡你到彼岸

来生 我想是一棵树

当你 在太阳的炙烤下

无处躲藏时

我恰好把阴凉送你身边

只是 现在我只想

一直在你身边

我们彼此手牵手

把余生走完

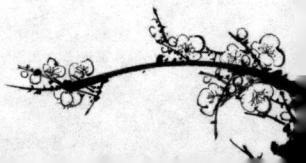

●桃花不见

相惜·明

你在花间瘦了吗

花在枝头老了吗

花向美人头上开过了吗

梦里桃花早已开成一片海

雨滴经过河流 寂静的山坡

满眼落下璀璨的红色

我不喜暧昧糜烂的落花

只为寻找那一抹幽色

桃花不见人已远

树下经过彼此的寂寞

而黑夜剩下了什么

谁又到过你在的院落

发现诗人 II

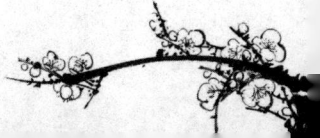

● 当我想你的时候

心也

▲ 在窗前

我相信

任何短暂的沉默里

都住着一个庞大的城池

我不该因此而怀疑

远处的美丽

它们仅仅是因为

我曾短暂的厌倦过

就像深的夜

就像寂寞

▲无须多言

蛐蛐在更低处。日子被风吹得紧了

披梦踟行

月光蒙住他们的孤独

让一截枯死的天空在此刻复苏

说起渴望，头发拢了几次。把影子藏在影子背后

远离江湖

▲有沉默就够了

且放下怀揣已久的争艳之心

放下所有的枯败连同盛开

人间庞杂有致

错落得像一条条绳索

暮归的小镇，廉租房里

灯火被打开

一部分人间被打开

月色与流水随之而近

此刻，把自己交出去

交给一场悄悄滋生的虚妄

这异乡的天空

总得有足够的沉默

去解释，去弥合

去与午夜里悄悄的飘落

握手言和

●重阳写意

许代奇

酒还是那酒

只是加入了秋的影子

在萧瑟的九月九日喝

便喝出了不同的味道

远行的人

寻找最高的山头

尽量能让自己看得远一些

即使看不见自己村庄的模样

也能想象门口的那一颗青石头

端放在夕阳的余晖里

●等你

野渡横舟

我约好了一个下午

也约好了夕阳

在农舍二楼的阳台上

面对流水和青山

我约定了两把椅子

一个茶几

就你和我，我和你

静静地坐着

你来与不来

我都把夕阳煮成茶水

翻一本诗集

泡着时光

发现诗人 II

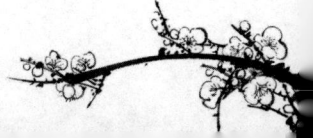

●夜，越来越长

野梦

秋天深陷到

将自己盖着棉被的影子

一点一点往下拉

一个又一个梦

醒来时

发现自己

依然趴在影子的肩头

2017 年 10 月 22 日

●一角硬币在沉默中清醒

野梦

曾奔走在人类交换的两难境地

受人尊宠

眼下被时代和人类观念遗弃

失去容颜

再等等

也许还全走在熊猫的前头

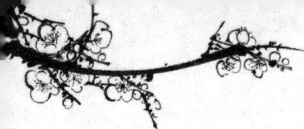

●被心中的城困在城中

野梦

与我相关的所有繁华

都与种植有关

我要把我所有的大街小巷

用种子

布置得热热闹闹

我知道

这里适合种植坚果

也能种植葡萄

油类作物

更适合种植马铃薯

种植花朵和蜜蜂

我要为我的子民

提供

最优质的粮食

最干净的油品和水

以及最柔软、最甘甜的阳光

为此

我常常奔走于繁华

也被繁华所捆绑

2017 年 11 月 2 日

发现诗人 II

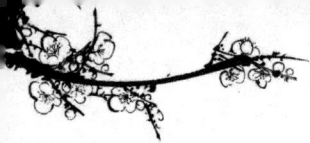

●恍 惚

一抹，阳光

一首歌谣洒落在村口

黄昏的拐杖敲出石板路的脆响

奶奶一挥手

流年似水长

老杏树以外的世界

山水皆褪色

余晖笼罩着秋色的金黄

一个行囊的沉重

也抵不过千里之外的故乡

2017 年 11 月 10 日　7:58

●心语心愿

依莲幽梦

必是因一株青藤的长垂而静坐于紫藤架下

与一些花开不期而遇，天空高远

似乎

摇一摇，就可以落下云朵

喜欢

在黄昏里依窗远望

看着那些烧红了的云彩，一点点归隐

心就跟着荡漾了

想着

如果那些垂下来的青藤可以向上延伸

一些芬芳是不是就可以绕上白云

发现诗人 II

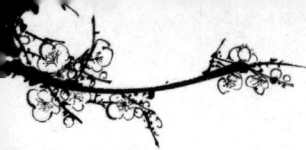

而我

就以青藤做阶梯，攀上云端

去数夜空里的星星

到底藏有多少心事

●三月，梨花雨

依莲幽梦

一把油纸伞

在三月的梨花季

为谁撑起

飘落的花瓣

亲吻着春风

落地

那一片绿茵

留有谁的记忆

撑一把油纸伞

在三月似雪的梨花季

游移

飞扬的罗衫

发现诗人 II

· 171 ·

飘落的梨花雨

为谁

在三月的梨花季

秀起了妩媚

●九月里，孤独的草原

依依

他眼里的光，已经混浊了
我怀疑过。还能否分清田埂的稗草
高粱的饱瘿

我注意他的时候，正抱着一捆有些潮湿的秸秆
蹒跚着走向矮门
一只接漏的盆子里，快要溺死的飞虫，挣扎着

窗外的云堆起了雨
他低身咳嗽起来
远处的城市，闭上眼睛，又捂起耳朵

发现诗人 Ⅱ

● 倒 计 时

蚁行

人们对于时间的概念

有时会从倒计时的提醒里

得到一些警醒

去日无多　时不我待

此时不拼更待何时

一如高考进入倒计时

重点工程倒计时

奥运会倒计时

当然也包括生命倒计时

在即将熄灭生命之火的弥留之际

才痛切地懊悔不已

仍有许多需要做的事

竟然已经来不及做了

只能抱憾终生

似乎只有倒计时的分分秒秒

才弥足珍贵

平时的日子都是慢吞吞的

俨然人们心目中惬意的慢时光

需要把一分一秒无限拉伸延长

才是尽情享受生活的节奏

其实自从呱呱坠地那一天

生命就已经进入

似水流年的倒计时

只是善良的人们

对司空见惯的素常日子

早已麻木不仁

习以为常

2017 年 10 月 22 日　11:03

发现诗人 II

●你是我思念的那一轮明月

忧伤王

今夜

你注定是我思念的那轮明月

我看着北方的那轮月亮下

似乎步下一位女子

带着清新如月的笑脸

走向了我南方的月亮下面

用指尖划下了圆圈

我知道她在想把南方的

火热的月儿

去温暖北方那轮冷冷的明月

我思念的那一轮明月

是圆圆的

也是如诗如歌的那轮明月

在今夜的思念里

北方的那轮

又会想起什么

今夜里的月儿

格外明亮

我想借着月光

和你共享最美的一曲

十五的月亮

照着南方

也照着北方

让你的金桂飘香

飞进我圆圆的梦乡

发现诗人Ⅱ

● 如 果

忧伤王

如果一曲知音断了今生

那么就把昨日温情留给来世

在多情金桂飘香里

我独感枫叶摇曳着哀愁

一颗心

一首诗

我拿什么去完整你

如果你是枫树上的眷恋

那为何散落满地忧伤

昨日的温柔

再也找不到理由上路

落寞的心愁

痛心地回放一幕幕刻骨

如果你只是无所谓的心态

我会瞧不起那卑微的地老天荒

或许我只是你其中的一个

什么是爱

什么是无奈

让我始终不明白

痛在心里

又有谁为你泪流长河

如果诗页里出现背叛

藏在心里的秘密是否依然保存

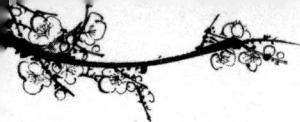

拂过红尘薄薄的面纱

一切美丽的遇见

则在无声中原形毕露

落墨在心里的痴念

已成了此生熟悉的陌生人

● 谢 谢

余四梦

我开始享受阳光的温暖，还有

水杉的落叶

围墙外的火车，总是

呜呜叫着

驶离远方

天空中总是有飞机

它们看起来很忙

可能是去一个

我知道的陌生地方

我开始关注考试，学习

难以理解的空气动力学，读

很美很美的诗，听

发现诗人 II

同样很美的歌

我开始用蘸满墨汁的毛笔

在洁白的纸上

写下夕阳

橘黄的

当夜幕降临

月亮早在等着星星

调皮的

星星却在捉迷藏

我的思绪飘到了深邃

深邃的星空

谢谢

我不再想你，今夜

我只想人类和银河

●那年花开月正圆（组诗）

远山晴空

一，那年

小麦用饱满的语言

唤醒牧野大地沉睡的春天

阳光金黄，大地金黄

哦，陀罗尼经幢，慈祥

经文里的金色，张口读出

你我今生执手的缘

发现诗人 II

·183·

二，花开

是的，是十月初雪飞绽

风中抖动的枝丫上

多少曲折被慈悲收拢

历经寒霜孕育

隐忍的梅花开放。恰如此刻

娇儿出世，小喜鹊

——预言悲喜

三，月正圆

老桂树，不忍月色单薄

用簌簌而下的桂花雨

覆盖，你我相视一笑

儿女，子孙，满堂

我们彼此手心里的岁月

唯余这无言的香

2017 年 9 月 28 日　15:36

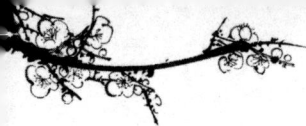

●靠近你的夜色

远山晴空

月光用约定反复叩门。蔷薇花在墙头绯红着呆愣

暗香缠绕走累的灵犀，风尘仆仆的影子

驱赶南瓜马车，将至未至

星子跟随其后。回家是迷人的药酒

越饮，越临近胆怯，几乎闻到秀发上

想念留下的余味

心口的蝴蝶停驻。多么想一步飞过去

抱紧这即将拥有的欢喜。夜鸟的鸣叫

显得多余而突兀。风醉了

2017 年 4 月 10 日　21:10

●故乡如月

月神

菊花冷放 如我

不眠的魂灵 长明

在一条大河的北岸

当银灰色的夜，光脚踏遍

所有的城市和村庄

远远的

故乡明了 如月

低悬在天边

我的至诚的爹娘

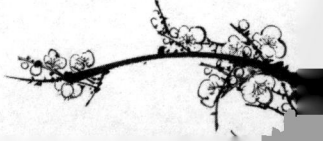

鬓发如霜 在那月上

默默地

思想

●一片落叶

子州

秋，给予枝头

一个梦

飞翔变得真实

看着你那

优美身影

舞着生命起点

在风中

一地凋零

羡慕死，你

优雅地

飞入小河

不起一丝涟漪

看似随波

却把心走向远方

你走了

我却把我丢了

2017 年 11 月

●路上，我踩疼了秋天的落叶（外一首）

醉心

有根的枫树陡然换一把红伞

从春到秋，旅途上

我踩疼了一地的落叶

这个哼哼的声音来自脚底

它说，你归来时

我可能就轮回成了你

是呀。我正处在人生秋季

弄不好就变成一枚落叶

投向宽厚的大地

发现诗人 II

· 191 ·

届时，绵绵细雨一来

我就会在树枝上

挂满一行行的泪滴

▲迷茫

卑微与孤独，任时针拨动身体

时而高山，时而深谷

沦陷在茫茫高原的围城里

对，是记忆。在不经意间

打开了一个酸酸涩涩的瓶盖

猛一看，都是浮尘

可一粒浮动的微尘

要怎样蹦跶

才能长出宽大坚韧的翅膀

听。那不安分守己的光阴

此刻就潜伏在身体

不断地，咚咚蹦跳

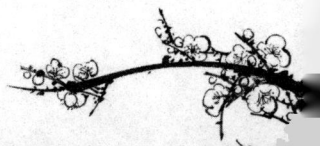

●茶

醉心

一片树叶 来不及老去

刚吸饱凄风苦雨

青春 就被烈火焙烤

挤干眼泪之后 被叫作茶叶

与白开水的一场邂逅

道出心里的苦涩

从此 在千家万户的口中喋喋不休

把傍晚的时间沏成一壶茶水

交给院中的一张小桌 两把木椅

妻说 这日子清清苦苦

却带着淡淡的甜味儿

我会心地笑了——
因为她是那片茶尖
我是那杯白开水

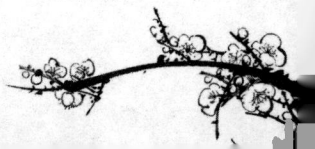

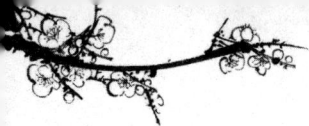

● 狩猎者

昨日流星

带上一张弓

捎带着一些箭

走入大山深处，一些老旧的树木

沉下腰

我喜欢用死去鸟的肉体

做饵

用陈旧的枯枝

布下一些陷阱

然后，静静地守着

拉起弓